KB002480

절두산 부활의 집

김종철金鍾鐵 시인
1947년 부산 출생.
중앙대 예술대학교 문예창작학과 졸업. 동 대학원 수료.
1968년 『한국일보』 신춘문예 시 당선.
1970년 『서울신문』 신춘문예 시 당선.
시집 『서울의 유서』 『오이도』 『오늘이 그날이다』 『못에 관한 명상』
『등신불 시편』 『못의 귀향』 『못의 사회학』,
『어머니, 우리 어머니 』(형제 시집) , 영문시집 『The Floating Island』
(Edition Peperkom), 시선집 『못과 삶과 꿈』 등이 있음.
제6회 윤동주문학상, 제4회 남명문학상 본상, 제3회 편운문학상 본상,
제13회 성지용문학상, 제12회 가톨릭문학상, 제13회 박두진문학상,
제12회 영랑시문학상 수상.
중앙대 문예창작학과 겸임 교수, 경희대학교 일반대학원 겸임 교수 역임.
한국작가회의 자문위원, 시전문지 《시인수첩》 발행인 및 편집인.
한국가톨릭문인회 회장, 한국시인협회 회장 역임.

절두산 부활의 집
김종철 유고시집

초판 1쇄 발행일 2014년 10월 20일
지은이 · 김종철
펴낸이 · 김종해
펴낸곳 · 문학세계사
주소 · 서울시 마포구 신수로 59-1(121-110)
대표전화 · 702-1800 | 팩시밀리 · 702-0084
mail@msp21.co.kr | www.msp21.co.kr
트위터 : @munse_books
페이스북 : facebook.com/munsebooks
출판등록 · 제21-108호(1979.5.16)

값 12,000원
ISBN 978-89-7075-590-8 03810

절두산 부활의 집

김종철
유고시집

문학세계사

□시인의 말

마지막 서문

이것저것 끌어 모아 시집을 낼까 두렵다. 그래서 작은딸의 힘을 빌려 눈에 뜨이는 원고부터 힘겹게 정리했다. 부끄러운 수준이다.

혹시 시간 지나 책이 되어 나오면 용서 바란다.

그리고 잊어 주길 바란다.

김종철

□차례

1

2

3

4

5

□ 작품 해설 / 김재홍

1

유작遺作으로 남다

유작으로 남기고 싶지 않아
밤새 고치고 다듬는다
실컷 피를 빤 아침 하나가
냉담冷淡한 하느님과 광고를 믿지 않은
자들만 분리수거해 갔다

아침마다 뽀로로를 즐겨 보던
네 살배기 손주도 변했다
로봇으로 변신하는 자동차
또봇에 정신이 팔린 것은
우리가 관棺과 수의壽衣에 관심을 가질 때였다
나를 태울 장의차가 손주의 로봇으로 합체될 때
실컷 젖을 빤 아침이 와도 나는 깨지 않겠다

이제 어디에서나 이름이 빠진
내가 차례를 기다린다
내장과 비늘을 제거한 생선이
먼저 걸리는 생의 고랑대
몸만 남은 체면이 기도의 바짓가랑이 붙잡고
분노하고 절망하고 타협하고 그리고 순명하다가
무릎 꿇는 또봇의 새 아침
쩍 벌어진 애도의 쓰레기통이나 뒤져
악담 퍼부은 유작들만 분리수거되는 날이다

언제 울어야 하나

내가 병을 얻자

멀쩡한 아내가 따라서 투병을 한다

늦도록 엔도 슈샤쿠를 읽던 아내는

독한 항암제에 취한 나의 기도에

매일 밤 창을 열고

하느님을 직접 찾아 나섰다

길면 6개월에서 1년

주치의 암 선고 들었던 날 밤

날 보아요 과부상이 아니잖아요

병실 유리창에 얼비친

한강의 두 눈썹 사이에 걸린

남편을 보며

애써 웃어 보이던 아내

그래그래 아직은 서로 눈물을 보일 수 없구나

아무리 용 써봤자 별수 없다는 것을

아는 당신과 나,

암 병동에서

항암 치료 받기 위해 주사실에 들렀다
칸칸이 놓인 빈 침대의
허연 슬픔이 나를 맞았다
마음 놓고 울어도 좋을 것 같은
경외성서 같은
야전막사 교회 하나
바로 내 속에 든 너였구나

초록 가운 입은 간호원이
앙상한 팔뚝을 툭툭 두들겼다
'혈관은 참 튼튼하네요'
별 할 말도 없는 내가
'보이지 않는 것을 어떻게 아느냐' 대꾸하자
'남자는 옷 입은 여자를 봐도

속 몸매를 잘 안다 하던 걸요'

웃자고 한 말이지만

썰렁하게 식은 나는 웃는 것마저 놓쳤다

한 방울씩 떨어지는 항암제 따라

죽음의 순례를 시작한 나는

살아 있는 모든 고통은

옷 껴입은 알몸인 것을 알게 되었다

펑펑 울다

소문보다 빠르게

암이 전이되었다는 사실을

나만 몰랐다

그래서 아무 말 하지 않아도

침묵이 변명 되어 버린 날

모처럼 마음을 추스르고 출근하였다

사무실에서 업무 얘기를 하다가

소문에 들었던 '나' 를

처음 내 입으로 말해 주었다

회사 살림만 우직하게 꾸려 왔던 우리 전무는

기다렸다는 듯이 펑펑 울었다

늘 나이보다 더 들어 보였던 그가

팔소매를 훔치며

체면도 없이 그저 펑펑 울 때는

참, 젊어 보였다

나는 그저 흐느끼는 어깨만 토닥였다

'아, 나는 언제 펑펑 울어 보나'

산행

아내가 앞서고
나는 뒤따라 오르다
무릎이 좋지 않은 아내는
연신 뒤돌아보며 조심해서 오라고 한다
아내에게 업힌 좁은 산길
하루 아침 중환자 된 나는
살아 있는 모든 것을 연민하며
마음 놓고 울 수 있는 곳을
눈여겨 살폈다

앙상한 나무를 마주칠 때는
고엽제 때문일 거라고
월남 참전을 원망하던 아내
영문도 모르고 뒤집어쓴

고엽제는 오늘만 벌써 두 번째다

정상이 가까워질수록
비탈에 선 나무 같은 노인네들
북망산을 하나씩 껴안고 오르고
나보다 오래 살 사람들만 모여드는
정상을 우리는 외면하고
내가 앞서며 하산의 지팡이가 되었다
하산에서 다시 하심下心까지는 내 몫이다

버킷리스트

시한부 병상

불펜에서 만지작거렸던

생의 마지막 변화구인 볼펜으로

실밥 꾹꾹 눌러 던진

세 개의 스트라이크와 일곱 개의 볼

내 손을 벗어났다

견제구 두 개로

재산 파일을 수습하고

회사 대차대조표를 정리했다

커브 볼 세 개로

집사람 노후 대책

어린 손자 미래 보기

그리고 지인과 작별 준비하고

위협구인 빈볼 하나쯤으로

세상과 화해하고

일곱 번째는 직구로

꼭 가고 싶은 곳을 찾고

여덟, 아홉은 스트라이크 존에서 벗어난 볼

열 번째는 기습 번트에 출루시킨

부끄러운 내 욕망과 남루한 생의 옷가지

일생의 마운드에서

결코 교체되지 말아야 할 나는 패전투수

열 개의 버킷리스트로 기록된 자책점들!

오늘의 조선간장

소문만으로도 더 빨리 중환자가 되었다
안됐구먼, 그 팔팔한 양반이!
조심스레 격려 전화와 문자가 찍혔다
힘내, 파이팅!
나는 종목도 없는 운동선수로 기재되었다.
이길 수 없는 경기에만 나오는 선수다

그중 가장 살맛나게 하는 소문은
이제 끝났어, 살아 오면 내 손에 장 지지지!
오랜만에 듣는 행복한 저주였다
일찍이 나를 잉태했던 어머니는
가난에 겨워 조선간장 몇 사발 들이켰지만
그래도 세상 구경한 나였지 않은가

오냐, 네놈부터 장 지지게 해 주마!

안녕

퇴원이다
안녕 안녕
덕담하며 병원 문턱을 넘었다
몸 버리면 세상을 잃는다는
일상의 처방전
잘 있다. 괜찮다고 나는 사인했다

월요일 젖은 몸 말리고
급히 지퍼 올리다가 목에 걸린
뜨거운 국밥 한 그릇
생명은 한순간 뜨겁다

제가 곧 나으리다

나는 기도하는 나무다
나를 둘러싼 무성한 잎들
기도의 짐이다
더러는 가지를 부러뜨린 소망들
내 마음의 겨울이 오면서
모두 땅 위에 내린
나는 무릎 꿇은 나무다

단 한 벌로 맞은 일생의 겨울
하늘로 꼿꼿이 선
마지막 한 잎의 눈물까지 떨구었다
생의 수식어를 벗은 겸허한 나무,
한 말씀만 하소서
제가 곧 나으리다

산춘 기도문

아침 산보가 좋음
상지대尙智大 둑길 따라
이냐시오 성당, 요츠야 역, 이치가야 역
이이다바시 역까지 야스쿠니 신사도 가깝지만
왕복 시간에 요츠야 사거리
돈 보스코 서점 옆 골목
와카 바라는 타이야키야에서
붕어빵 사 드시면 금방 쾌유될 것임

산춘 신부에게 온 문자 메시지
저승길은 아무래도 침침한 눈과
먹은 귀가 먼저 당도하는 법
'덕분에 말씀의 붕어빵 잘 먹었음'
화살기도만 쏘았다
달마다 벚꽃 지는 소피아 둑길

생의 붕어빵 낚는 어부들이
뜰채망에 누군가를 담고 있었다

나는 기도한다

매일 아침

기도가 머리에서 한 움큼씩 빠졌다

마른 장작처럼 서서히 굳어 가는 몸

한 방울씩 스며든 항암 주사액에

생의 마지막 잎새까지 말라 버렸다.

내 명줄을 쥐고 있는

아내의 하느님만

오츠보, 시이나, 야마다를 불러 주셨다

이쯤에서 함께 걷는 인연을 주셨고

기적은 사마리아인의 것만이 아니었다.

신을 모르는 일본 의사들이

빛으로 나의 죽음을 태워 주었다.

그래 그렇구나, 막상 생의 시간 벌고 나니

청명에 죽느냐, 한식에 죽느냐구나

나는 기도한다.

나를 살려 준 저들을 용서해 주소서!

큰 산 하나 삼키고

그날 나는 실수로
만신萬神을 삼켰다
난리였다
큰 산을 삼켰으니
뱉어 낼 때까지
세상은 집중했고
혼자 죽어 있어야만 했다
익명의 만신을 따라간 나는
아침저녁 길을 묻는
북망산 하나를 만났다

새벽에 깨어 보니
빈 무덤이 열렸다
거친 삶의 한켠

힘들게 뱉은 그 밤

싸구려 신칼, 방울, 부채

장구와 자바라에 어울렸던 내가

시퍼렇게 날선

생의 작두 위에서 춤추고 있었다.

치바(千葉)의 첫 밤

치바 현 치바 시 이나게구 아나가와
낯선 다다미방에 누운
마른 풀잎의 빗소리를 듣는다

천 잎(千葉)으로 갈라진
전생 따라
죽지 않을 자는 죽게 하고
진즉 죽어야 할 자는 죽지 않게 한
폭우에 납작 엎드린 소방서 옆
일본 국립방사선의학총합연구소
그래서 오늘 나는 죽어서 왔다

여러 겹 포개진 꽃대의 천 잎,
탄소이온의 천 잎,

앞면은 너희 삶

뒷면은 낯선 죽음

구급차보다 느린 빗소리를

읽고 나를 쓴다

천 번 쓰러지고 천 번 일어난

치바의 명자命者로, 살아가는 자로!

풍수지리

죽을병 얻자
누가 풍수 얘기를 했다
집터가 좋지 않다고
새로 산 사옥까지 흠 잡는다

늘그막에 이것저것 버리고
마누라까지 바꾸면
제삿밥 얻어먹으려다
길 찾지 못한 망자가
바로 나였겠구나

명당 찾아
사망의 골짜기까지 파헤친 밤
불운과 옻나무 관만
다리 뻗고 주무신다

둘레길에서

아내와 함께

둘레길을 산책하다 보면

잔디로 잘 다듬어진 묫자리를 본다

아주 편안해 보인다

따라 눕고 싶어진다

이러면 안 되는데 싶다가

자주 뒤돌아서는 눈길

나도 때가 됐음인가

지상에서 받은 축복과

은혜도 갚지 못하고

이 풍진 세상

작은 봉분 하나로 우리를 챙기는 생애

먼 뻐꾸기 울음이 지나온 길을 끊는다

절두산 부활의 집

몸과 마음을 버려야만 비로소 머물 수 있는 곳
아내의 따뜻한 손에 이끌려
용인 천주교 공원묘지와 시안에도 들렀다
내 생의 마지막 투병하는데
절두산 부활의 집을 계약했다고 한다
신혼 초 살림 장만하듯 아내와 반겼다

절두산은 성지순례로 가족과 들렀던 곳
낮은 나에게도 지상의 집을 사랑으로 주셨다
머리가 없는
목 잘린 순교의 산
오, 나도 드디어 못 하나를 얻었다
무두정無頭釘
부활의 집 지하 3층에서

망자와 함께 이제사 천상의 집 지으리라

—2014년 6월 22일 오후 7시 22분
연세 암병동에서

엄마, 어머니, 어머님

누구나 세 분의 당신을 모시고 있다
세상을 처음 열어 주신 엄마
세상을 업어 주고 입혀 주신 어머니
세상을 깨닫게 하고 가르침 주신 어머님

엄마의 무릎에서 내려오면
회초리로 사람 가르치는 어머니가 계시고
세상을 얻기 위해 뛰다 보면
부끄러움과 후회로
어머님 영정 앞에 잔 올린다

성모 아닌 어머님이
세상 어디에 있더냐
기도로 일깨우고

눈물로 고통 닦아 주신

엄마, 어머니, 어머님

모두 거룩한 한 분이시다

2

망치가 가벼우면 못이 솟는다*

—몸의 전사편찬사戰史編纂史

아흔한 살 구 일본 노병 마츠모토 마사요시

눈 내리는 중국 북서부

가타메 병단 7대대 본부 위생병인

스물한 살 마츠모토 마사요시를

무릎 꿇리고 참회시켰다

야간 배식 기다리듯

한 줄로 길게 늘어섰던 부대원들

한 병사가 문 열고 나오기 무섭게

허리춤 쥐고 연이어 들락거렸던 밤

서너 명의 조선 여인들은

밤새워 눈물로 복무했다

부대가 전쟁 치룬 날에는

한꺼번에 생사 확인하듯 더 바빠졌다

살아 있는 몸뚱이만 몸이 아니었다
돌아오지 못한 사내들의
피로 물든 만주 벌판까지
밤새 빨래하는 것도 그녀들 몫이었다

삼백 명 주둔한 산간 부대 위생일지에
가득 채워진 성병 검사와 606호 주사들
'삿쿠'** 끼고 생의 낮은 포복을 한
스물한 살이었던 노병 마츠모토의 고해
"그들은 성노예였습니다."
위안부 몸의 역사는
못 박힌 일본 제국의 전사편찬사다

*한국 속담
**콘돔

튀어나온 못이 가장 먼저 망치질 당한다*

—위안부라는 이름의 검은 기차

그 해, 두 명의 일본군에게 영문도 모른 채 끌려갔다. 경성의 어두운 기차역 화물칸. 전라도, 경상도, 팔도 사투리도 들렸다. 기차는 막무가내 달렸다. 얼마쯤 갔을까 갑자기 멈췄다. 한 떼 일본군이 우르르 몰려와 문을 열어제쳤다. 화물칸마다 비명소리가 들렸고, 끌려 나온 여자들은 모두 들판에서 윤간을 당했다. 죽어라 반항해도 칼로 위협하고 총대로 내려쳤다. 피투성이로 몇몇은 도망치다 총 맞아 죽기도 했다. 첫날은 열 명 이상이 그녀의 몸을 지나갔다.**

'오도리돌돌 굼브라가는 검은 기차에 총칼 차고 말 탄 사람 제일 좋더라,

만주 땅에 시베리아 넓은 벌판에 총칼 차고 말 탄 사람 제일 좋더라'

달리기만 멈추면 또 다른 일본군들이 바지를 내리고 검은 기차

의 목을 조였다. 서너 차례 지나쳤던 검은 벌판의 울음, 남경 강북 어느 쪽엔가 기차는 기진맥진 정차했다. 사지가 마비된 것은 선로뿐만이 아니었다. 위안부라는 이름의 일생의 검은 기차는, 오도리 돌돌 잘도 굼브라가는 그 검은 기차는,

*일본 속담
**일본군 위안부 피해자 김의경 할머니의 증언 내용.

첫 번째 못이 박히기 전에 두 번째 못을 박지 말라*

—현병숙**이라 쓰고, 스즈코라 부른다

위안소에서 나의 이름은 스즈코다
세상은 모두 왜놈들로 가득 차서
도망갈 곳도 없던 시절
우리는 정기적인 검사를 받고
어쩌다 병 걸리면 606호 주사를 맞았다

한 번에 2원씩 받는 사병 화대
그나마 떼어먹고 주지 않은 위안소
오히려 채금 진 것에 토해 내게 했다
군부대와 이동하면서 빨래를 빨고
피 묻은 옷은 방망이로 두드려 널고
밥이라도 배불리 먹고 싶었지만
진즉 배부른 위안부는
'삿쿠' 끼지 않은 놈에게 재수없이 걸렸을 때다

어느 날 밤 산꼭대기 일본놈들과
국민당 병이 콩 볶듯 싸웠다
안방까지 톡톡 튀어 들어온 총알
밥 먹다 눈 부릅떠 죽은 자
앉았다 덜컥 쓰러진 자
그 밤, 스즈코와 나는 서로 꼬옥 안고
배꼽 떨어진 고향 쪽으로 엎드려 울었다

*독일 속담
**현병숙, 1917년 1월 평안북도 박천 출생

어두운 데서 못 박으려다 입만 다친다*

—제국의 위안부

그날 밤
제국의 위안부는
일 끝내고 나가는 병사에게
"멋지게 죽어 주세요"
알몸으로 누운 채
배웅했다
출격 앞둔 날
병사들은 만취되고
소리내어 울었다

살아서 돌아오면
기모노 입고 에이프런 차림에
축하연 참석한다던 슬픈 누이들이여
"멋지게 죽어 주세요."

천황폐하의 만수무강하심과

황실 번영하심을 봉축했던 그 밤들!

*미국 속담

못은 자루를 뚫고 나온다*

—조센삐

한 달 한 번씩 군인 받지 않는 날
'황국신민서사' 외우고
일본 병사 무덤에
풀 뜯고 향 꽂고 합장해 주었다.

전쟁터 나가면 환송하고
돌아오면 환영했던
천황폐하의 위안부
소방대 훈련과 가마니에
창 찌르기 연습 날에는
검은 모자 검은 몸빼를 입혔다.

쿄우에이 위안소 일정이 정해졌다.
일요일 사단 사령부 본부

월요일 기병부대

화요일 공병부대

수요일 휴업일, 성병 검진

목요일 위생부대

금요일 산포부대

토요일 수송부대

의무로서 죽음을 기다리는 병사들

줄 서서 순번 기다릴 때가

매번 부끄러워서 죽겠다던 위안소

위문품 꾸러미도 은근슬쩍 쥐어 주는

최전선 조센삐 위안소는 만원사례다

* 헝가리 속담

못은 머리부터 내리쳐라*

—아베 마리아

아베, 아베 말이야
군국주의 혈통 자랑하느라
극우 정치 술수로 표심 자극하느라
어리석은 일본 신민에게
위안부는 처음부터 존재하지 않는다고
늙은 일장기 아래서 생떼 부린
버림받은 빈 깡통 아베, 아베 말이야

녹슨 못 넣어 더욱 검게 한 콩조림 요리법처럼
등 굽은 녹슨 아베, 아베 말이야
일제 침략 역사를 더 검게 왜곡시킨 콩조림
A급 전범 복역자 외할비 기시 노부스케
독도를 제 땅이라 망언한 애비 아베 신타로

늙은 야스쿠니 까마귀가 또 우짖는다

입이 가벼우면 이빨도 솟는 법

도쿄 극우파에게 매춘부라 모독 당한 위안부 할머니

'늦었다. 하지만,

너무 늦지는 않았다.' **

베를린에 내걸린 나치 수배 사냥꾼 포스터에

말뚝 소녀상도 통곡한다

'아베는 늦었다. 하지만 천황 폐위는 늦지 않았다.'

아베 마리아!

*네덜란드 속담

*유대인 대학살에 참여한 나치 전범을 찾는 포스터 문구.

망치를 들면 모든 것이 못대가리로 보인다*

—위안부냐, 홀로코스트냐

1938년 4월 21일 한 일본 병사는

〈어리석은 어리석은 내 자신〉 일기장에서

'돌격 1호' **만 믿고

천황 폐하의 위안소 쪽방

세상에 남은 단 한 여자를 안았다

컨베이어 벨트에 실려 나가는 싸구려 상품처럼

줄 서서 순번 기다렸던 수치감

반바지 허리끈도 채 매지 않은

금단의 열매까지 보았다

그날 밤은 그들 것만 아니었다

그렇게 자주 긴 줄을 세운 것은,

기도마저 포기한 홀로코스트

알몸의 천사들도

차례차례 수용소 가스실로 끌려갔다

터널로 들어선 검은 기차
가쁜 숨 쉬며 사정하고
너그럽게 용서했던 것은
승전보 올린 늙은 일장기 만이었을까
용서는 하지만 결코 잊지 않는
세상의 홀로코스트 어머니에게
'어리석은 어리석은' 병사는 죽어서 말했다
인신매매 위안소를 아무리 허물고 덮어도
'돌격 1호' 만으로는 세상의 양심까지 덧씌울 수 없음을!

*영국 속담
**콘돔의 은어

좋은 철로 못을 만들거나
좋은 사람을 군인으로 만들지 말라*
—돌격 1호

검은 기차에 덧씌운
일본군의 삿쿠
우리 모두 '돌격 1호' 라 부른다.
밤새도록 들쳐 업고
달렸던 '돌격 1호'
역사를 지나칠 때마다
마을 이름을 하나씩 달아 주고
밤 들판에서 짝짓기 하던
사내들의 숨 가쁜 하늘 너머
익혀 둔 별자리
벌써 어른이 다 되었다

이미 전사한 일본군들은
영문도 모른 채 신사神社에 갇혀

검은 별로

저녁마다 맨먼저 떠오른다

*중국 속담

망치에 대하여

못 박기, 못 뽑기, 모두 망치는 일이다

3

애월涯月

애월아, 하면

달로 뜬 애월

물고기 풍경에 이우는 애월

젖고 또 젖으며 기다린

모두 파도가 되어 버린

먼 훗날,

수줍게 고개 숙인 너는 떠나고

기차를 기다린다

기적을 울리는 바다를 기다린다

일생에 단 한 번

차표로 끊는 바다 기차역

나는 애월은,

재(灰)의 수요일

속죄하는 날
나무 한 그루 심는다

사흘 굶어 담 안 넘을 사람 없다지만
한때 사람답게 살지 못했던
슬쩍 눈 감아 지나쳐 버렸던
그날의 담벼락들

수목장의 머리에 얹은 재
이마에 바르고
당신의 십자가 나무 아래
무릎 꿇지 않았다면
하마터면 보지 못할
하느님의 바알간 복숭아뼈,

속죄하는 날은

벼락 맞은 나무 아래가 제격이다

택배의 노래

청테이프 붙여 놓은 가위표 택배
드디어 당신의 입을 다물게 했다
숨 쉬지 않아도
살아 있게 한 것만 천만다행이다
'빠름 빠름 빠름'
낙오 두려워 가볍게 짐진 자들아
총알 배달 따라, 선착순 따라
비닐농가 물기가 채 가시지 않은
채소의 사생활부터
익기도 전 꼭지 딴 누이의 젖망울까지

퀵서비스는 만병통치약이다
9,000원 영화 한 편에 최저 일당 4,860원
4,300원 아메리카노 한잔에 최저 일당 4,860원

어디에 견주어도 시원찮은 일용직 벌이

설익은 밥을 밤새 껴안고

우리는 도시의 페달을 밟았다

'빠름 빠름 빠름'

조로증 걸린 고령화와

늙지 않는 자살률만이

오늘의 레퀴엠을 노래한다

금지된 것만 금지하는

우리 입을 막은 택배 상자들.

THE END

적당한 때 죽어라
차라투스트라는 이렇게 말했다.
생의 연회가 끝나면
배부른 자는 모두 떠나고
그대는 죽음을 준비한다

빈 술병의 무덤에
검은 봄이 오는 것은
왜 월요일이어야 하며
오전 10시와 3시 사이
가을 겨울보다 봄과 초여름 사이
부활을 막기 위해 말뚝 박힌 자들은
왜 북동쪽에 머리를 두는가

사포는 사랑 때문에

히포는 순결을 위하여

아리스토텔레스는 회한에 못 이겨

클레오메네스는 명예를 위해

데모크리토스는 늙고 쇠약한 몸이 싫어

디오게네스는 삶을 멸시하며

모두 다 자기 살해를 택했다

차안此岸에서 피안彼岸으로 그어진 국경

원치 않았지만 어쩔 수 없이

시간을 따라 강제로 이동 당했다

그것을 '늙었다' 는 말로 대신했다

내가 보고 있는 세상은

백억 년 전이나 지금이나 나이만 똑같다

이렇게 썼다

내 죽음의 책 서두를 읽었다
관 속에 누워
지금은 동해시지만
언제나 묵호라 부르던 역에 멈춰 섰다
내가 묵호였고
존재하지 않는 묵호 때문에
나 이외의 것은 동해시가 분명해졌다

확실할수록 더 부정확해진 묵호를 본다
가난한 포구 어깨에 기댄 어선 몇 척

내 속의 바다에 빠져 있는
교과서 삶으로 갇힌 뇌
육신도 없는 선지자

모두가 나의 노숙자들이다

아무도 듣는 사람 없으면
떨어질 때 소리를 내지 않는
속담 속의 나무가
바로 그들이다

평생 너로 살다가

평생 시를 썼지만
돈 된다는 생각은 한 번도 없었지만
후배 시인은 집도 사고 생활도 꾸렸다
사양하지 못해 받은 원고료까지 셈하니
3개월치 월급밖에 되지 못한
한 생애, 시를 살다 간다

투정도 하지 않고
한 줄에만 골몰하며
세상일 숙제하듯 내다보면서
평생 일천만 원 벌기 위해
수억 원 재능을 버린 나는
가족에게 시로 밥 한 끼 먹인 적 없다

시는

애써 외면할 수 있는 가난이었기에

이는 곧, 나다 외치고 싶지만

잘 가거라

끝내 팔리지도 읽히지도 않은

나에게 빚만 남겨 두고

떠나는 시여.

숨바꼭질

유년의 천장은

비만 오면 중얼거렸다

눈 뜬 아침부터 늦은 밤 사이

산비알 판잣집에서

알전구 같은 쥐새끼들이 우루루 몰려다닐 때

6·25 피난살이 또래의 참을성 없는 우리도

쿵쿵거리며 아랫목을 들쑤셔 놓을 때

맨발의 지붕은

쥐새끼들과 같은 꿈을 꾸며

이를 갈고 잠꼬대했다

우리가 저들을 사하듯

참지 못한 지상의 아버지는

천장의 종이 귀퉁이를 찢고

어린 고양이 한 마리를 훌쩍 던져 놓았다

비만 오면 중얼거리는

비 맞은 중처럼

내가 수상하다

일을 하고 있는 나를 볼 때

커피를 마시는 나를 볼 때

수상하다

아침 집에서 나온 나를 볼 때

앞의 내가 뒤의 나를 볼 때

나는 누군지 알지 못한다

내가 수상하다

몸의 다른 부위와 연결되어 있는

뇌처럼

과거와 미래의 온갖 구불구불하고

기이한 길들이

모두 수상하다

달리는 희망버스

희망버스가 달린다
절망도 없이 철탑에 오른 해고 노동자
그러나 기다려라,
"함께 살자" 구호는 없지만
나만 죽자는 깃발이 펄럭인다

생의 망루에 올라 바라본다
발 아래 시너 통
분노의 라이터로 확 당겨 주길 바란다
나는 열사다
죽어서 살아라 함성이 떠민다

희망버스가 속속 밀려 온다
그중 변심할 것 같은 나와 임무 교대할

흰 마스크의 후배도 보인다

잘 있거라,

라이트를 확 그었다

땀에 젖은 라이터가,

아, 라이 터가,

씨팔, 이놈 라 이타가!

먼저 타오른 군중이

불타는 그를 바라본다

총각김치

손가락 굵기만 한 어린 무에

무청 달린 채로 담근

상투 틀 총總, 뿔 각角 총각김치

무청 우거지를 덮고 웃소금 뿌려 익힌

김칫독도 독이든가

작다고 얕보다 큰 코 다친다더라

손으로 집으면 별것 아니지만

입속 넣으면 금세 부풀어

아삭아삭 풀 먹인 홑청

설왕설래 군침 찰찰 고이는데

맛들인 여인네는 금세 알리라

낮이나 밤이나 김치 세상

어디 처녀김치는 없소

저만치 돌아앉은 홀아비김치만

식은밥에 얹혀 있구나

불조심

비오는 도쿄 뒷골목
무라카미 하루키 에이전시인
사카이 상과 한 곱부 하다 나온
60년대 서울 식당 얘기
설렁탕, 곰탕, 갈비탕, 탕 탕 탕
벽면 메뉴판 글자 옆에
큼지막한 붉은 세 글자
그날 특별 메뉴인 양 보여져
저것 달라 가리켰더니
'불조심'!
꺼진 불도 다시 보자는 '불조심' 표어
그냥 웃자고 한 소리겠거니 했지만
'불' 과 '조심' 사이
사무라이 칼끝 하나 번뜩 그어진다

개망초를 꺾다

낫과 꼴을 버리라고 한다
손도 내밀지 말라 한다
가난만이 버릴 것 있다면
길 밖 개망초에
당장 목 매달라 한다
더러운 것은 똥이 아니라
밥이라고 외치며
나는 개망초를 꺾는다
입 닥치라는 개망초를 꺾는다

늙은 소처럼

산 산 산
누운 소처럼 두 눈만 껌벅거리는
우 면 산
숨은 전등불 하나 둘 길을 내는
새벽 4시
해무를 타고 하산하는
굽은 잎새의 수평선
만선의 뱃고동 소리 들리는
잎새들의 항구는
침대에 누워서도 더 잘 보인다

태산에 대하여

사랑한다는 것은

태산을 마주 보는 일이다

세상은 여자 없이 시작되었고

남자 없이 끝나리라는

태산 같은 걱정에

나를 넘는다

날개 없는 짝퉁

날개 없는
가운데가 뻥 뚫린
내가 요즘은 대세다
구조가 단순한
안전한
청소하기 편한

그래서 머지않아 날갯죽지 없는
천사도 만들어질 것 같다
날개가 있어야 추락하는 천사는
우리집 구형 선풍기와 같이 있다

이번에도 예외는 아니다
중국산 짝퉁

날개 없는 선풍기 바람 쐬면

추락할 곳 찾지 못해

온종일 맴도는

우리 집 식구들도

누군가의 짝퉁이 된다

겨울 수박

뜨거운 여름밤

각혈하다

아무렇지 않게 툭 뱉은

씨

멍석 펴고 굴러다니는

애먼 수박 한 덩이

어제는 물로 배 뒤집더니

오늘은 내가 물을 뒤집었다

4

다시 카프카 읽다

로마에서 프라하행 비행기를 기다렸다

연착한 카프카도 만났다

그렇잖아도 화가 난 나는

늦은 비행기가 바퀴벌레처럼

어두워서야 기어나온다는 것을

카프카 아버지에게 드리는 편지를 읽고서야 알게 되었다

늦은 밤 프라하 불빛으로 다시 읽어 본다

팔자에도 없는 연착 1박을

고호가 즐겼던 초록 술병에 새긴다

피렌체 출장 길에서

장 콕또 삽화 다섯 점 벽면에 걸려 있다

그가 앉아 쉬었던 거실과 식탁,

나도 밥을 먹고

그가 사르트르나 피카소와 앉아

커피 마시던 자리 이 집 어디메쯤,

나를 훔쳐 보고 있다

한 블록 떨어진 피티 궁전 초입 길에

1868년에서 1897년 도스토옙스키 민박집처럼

나흘간 머문 미지의 나도

고전이나 한번 되어 볼까

낙서하듯 데생화 된 삼류 그림이 얼비친

아르노 황토 강물에

그들도 목말라했을까

베키오 다리를 서성이며 한 달 간 익명으로 산 댄 브라운,

출판업자인 나의 허망한 시가 더욱 초라하다

장 콕또의 허접한 삽화가 걸린 누부치너 호텔에서

로마의 휴일

스페인 광장에 가면

나는 언제나 그녀를 기다린다

계단을 장난스레 오르내리며

아이스크림을 한 입 문 빨간 입술

지난 청춘의 또래들이

즐기던 로마의 휴일

파스타 긴 가락으로

후루룩 빨려 들어가는 로마는

언제나 나와 함께 맨발이다

우리의 피사를 찾아서

당신의 피사는 무너질 듯해서 아름답다
기운만큼 탑의 중심을 배운다
피사는 날마다 아르노 강 따라 기운다
위태로운 나의 근심으로
굽은 강은 지팡이를 놓지 않는다

늙은 아내가 두 손 받치는 시늉하며
사진 포즈를 취한다
무릎이 온전치 못한 아내보다
내가 먼저 기운 생애
기운 탑 아래 아내와 나는 위험하다
생이 기운다는 것은
돌아가는 피렌체 기차 안에서만 깨닫는다

두오모 성당에서

우리는 소금이다
만성 고혈압이다
주치의가 수차례 경고한
단테 생가 터
그 좁은 나트륨 골목 성당 닿기 전에
아침 커피 한 잔에
소금 찍은 삶은 달걀
중독성 강한 열다섯 살 베아트리체를
보고야 말았다
동네 어른들 인사하는 틈 사이
흘깃 눈에 닿은 맨살의 소금

두오모 천장에서 삶은 달걀로 앉은
단테를 기다리며

그가 말을 걸어왔다

소금보다 더 좋은 연옥 소금

두오모 성당 중턱에 걸어 둔 소대가리 연옥

아내의 간통을 기억하는

푸줏간 사내가 소금보다 짜다는 사실을

두오모 기도는 알고 있다

신곡을 찾아서

두오모 언덕에서 단테는

두오모 성당의 신축을 바라보는데

피렌체 상인이 지나다

가장 먹고 싶은 게 뭐냐고 물었다

삶은 달걀이지

수년이 지나 두오모

신축을 내려다보다가

피렌체 상인이 지나는 투로

뭣과 함께 먹으면 좋으냐 묻는다

소금에 찍어 먹지

스톤 헨지에서

양들이 풀을 뜯고 있다

양들이 고개를 들지 않는 까닭이다

양과 풀의 들판

스톤 헨지만 고개를 들고 있다

심심해서 들린 관광지

사람들은 없고

양의 소망만 바위가 되었다

세상에는 쓸모없는 바위 같은

나도 많다

어린 양

성탄절 판공성사 고해소 앞

작년, 재작년, 재재작년보다

길어진 줄서기

어린 양들은 불평하지만

나는 행복했었다

산 자만이 짓는 아름다운 죄,

죄 없이 구원 없는

한없이 기다리는

살아 있음에,

근심과 기쁨 사이

세상의 별들은 줄지어 노래한다

주님, 당신 종이 말합니다

주님, 당신 종이 듣습니다.

성탄 선물

시골 성당

베들레헴 구유 앞에

성호 긋고 선 아내가 묻는다.

여물통 어딨냐고,

빈 마굿간 웬 여물통이냐 하자

아내는 활짝 웃으며

예물통! 한다

깨어 있으라는 가난한 복음 대신

여물통 같은 보청기와

숭숭 썬 볏짚 여물이 그리운 날이다.

파티마 가는 길

잘 먹여 주고 입혀 주었더니
이제는 승천하겠다고 합니다
조금 부족하거나
모자란 것은 성형을 하고
하늘로 들려지기로 욕심부립니다
도마보다 의심 많고
유다보다 욕심 많은 저놈이
하늘로 날아가기만 바랍니다

파티마 성모님

이제사 허락해 주셔서 올 수 있었습니다

중늙은이가 되어 이제사

당신 발 밑에 꿇을 수 있게 되었습니다

늘 보채고 투정하고 눈물 많던 시절은 지나갔습니다

어머니 이제사 경건하게 당신을 바라보며 불러봅니다

내 마음의 무지개로

가까이 다가갈수록 멀어졌던 어머니

오늘은 가까이 가지 않아도

뵐 수 있는 당신을 찬양합니다

파티마를 찬양하며

오소서

오시어 세상의 기도 소리를 들어주소서

당신을 위한 찬미찬양을 들어주소서

오늘을 오늘이게 하소서

세상의 처음과 끝을 보여 주소서

처음 온 파티마

처음 온 파티마
루치아 생가를 들렀다
천사가 나타난 우물가도 찾았다
프란치스코와 히아친타 남매*의 비좁은 침대와
가난에 그을린 부엌의 천장까지 보았다
외양간에는 양들이
여물을 씹고 있었다
죽어서도 변하지 않은
오물오물거리는 주둥이
쉴 새 없이 조잘거리는
관광객들의 저 주둥이
양들의 침묵이 기도였다면!

*포르투갈의 빈촌 파티마에서 여섯 차례나 성모 마리아 발현을 목격한
세 어린이 목동

파티마 기도

없다

안 계신다

집안을 다 뒤졌다

부엌과 뒤뜰

다시 문 밖을 나가

빨래터인 개울가까지

하늘마저 어둑어둑해진다

써늘한 물방울 하나가

뚝

뒷덜미에 떨어진다

느닷없는 적막에

'엄마' 하고

먼산이 먼저 엉엉 운다

시의 순례

시의 순례는 기다림 없이 기다려야 하는 자의 몫입니다

주님 한 해가 저물어 갑니다

지금 가진 사랑에 기도 드릴 시간입니다

다시 바람이 불고 나뭇잎이 모두 벗는 시간

우리는 내의를 한 겹 더 껴입고 광야를 나설 것입니다

가위눌림

나사렛을 찾아서

떠났다

나사렛이라 쓰고

나자렛이라 읽는 자들은

이미 다녀갔다

보지 않은 성지를

한밤 잠자리에 누워

미리 마음으로 순례를 떠나기가 쉽지 않다

산등성이에 있다는 성지를 오르기도 전에

나는 마음 밖에 서 있다 감전되듯 가위에 눌렸다

엄청난 전류가 나를 감쌌다

손발은 꼼짝할 수 없고

머리에서 발끝까지 스캔 되듯 나를 훑었다

그 밤 나는 뼈만 남은 나사렛만 생각했다

해바라기 기도

한 송이 꽃보다

한마음 한곳으로 모여 피는

꽃들이 아름답다

해만 바라보며 피는 해바라기는

아름답다 아름다워서 거룩하다

보라 사랑이여

해를 보고 피었다가

해와 함께 지는

순례의 해바라기여

하느님의 종

나는 그 죄를 다 잊었다
나는 그 약속을 다 잊었다

마르가리타 수녀의 고백 신부가
예수성심께 다시 여쭤 보라고 하셨다
수녀님은 말씀하셨다
저는 벌써 다 잊었습니다

아빌라를 떠나며

아빌라를 떠나며

맨발의 죄인이 되어

올리브나무의 작은 죄인이 되어

십자가의 아빌라의 작은 죄인이 되어

오늘은 목초를 뜯는 소 떼가 되어

초원의 우레와 함께

낙상한 당신의 말씀

나를 떠난다 떠난 나를 보며

아빌라는 기도한다

십자가의 성 요한

요한은 십자가다

십자가의 못이다

십자가의 십자가 못이다

키 작은 요한은 도토리나무의 못이다

아빌라의 십자가나무의 못이다

성 요한은 십자가 요한이다

홀로 선 못이다

못자국을 남기지 않은 목수다

십자가의 성 요한은

올리브 방앗간에서

너희 중 죄 없는 자 돌로 쳐라
간통한 여인을 가리키며 말했다
사람들은 슬금슬금 물러서는데
한 여인만 계속 돌을 던졌다
난감한 표정으로 지켜보던 젊은이
어머니, 제발 그만 좀 하세요
원죄 없는 동정녀 마리아
마지막 임종 맞았다는 그곳
작은 올리브 방앗간 겟세마니
이방인이 만든 성전 제단에
입맞춤하며,
불경스러운 우스개에
또 한 번 입맞춤하며!

겟세마니에 와 보니

하느님께 매달려 돌던

당나귀다

설익은 올리브 두 알

알몸으로 껴안은

연자방아다

허리 굽은 하느님께

매달려 돌던 우리는 모두 당나귀다

사해를 바라보며

롯의 아내는

소금기둥이 되었다

단 한 번 뒤돌아본

죄,

그 밤

우리들의 아내도

함께 돌아오지 않았다

욕망은

불타는 소금보다 짜다

자나깨나 가슴 속

염전 말리는 세상의 여인

영악해서 뒤태도 보이지 않는다

당신을 위하여

구유에서 아기가 잡니다

마굿간에서 말이 잡니다

작년에 재작년에 재재작년에

떨어진 별똥별도

말구유에 함께 재웁니다

주여! 딱 한 번만 더 못 박히소서

부활 축일

새벽 공기처럼 자유롭게

금방 핀 꽃처럼 싱싱하게

맑은 이슬처럼 순수하게

부활은 지금 우리 곁에 있습니다.

부활초를 켜들면

별처럼 반짝이는 십자가

빛이 있으라 하니 빛나고

어둠도 있으라 하니

더 거룩히 깊어지는

춘분 뒤에 오는

만월 다음의 첫 일요일

부활절 달걀, 부활절 토끼

부활절 백합이 문 밖에서

해방된 성자를 노래하고

오늘 우리도 부활절 떡볶이

부활절 사물놀이, 부활절 춤사위로

덩실덩실 당신을 모십니다.

동트는 주님

환생의 고통을 겪고

유월절 어린 양으로 오소서

찬미 받으소서

5

목마름에 대하여

양을 잡을 때 칼을 보이면

공포가 살에 스민다고 합니다

그 살점은 공포입니다

내가 본 것 들은 것 깨달은 것 모두 두고 가리라

어린 양의 갈증은 물 마시며 물을 찾는 것

주여! 저는 당신을 애터지게 찾고 있습니다

나는 유작처럼

나는 유작처럼 버려지고 싶지 않다
꾹꾹 눌러 쓴 육필 시처럼
비밀번호로 열지 못한 노트북
메모리에 갇힌 나는
오늘도 쓴다
쓸모 없는 낙서까지 유작 되는 시대까지

이제 내가 죽을 것이다
문자 메시지도 비로소 편해진다
죽은 내가 나를 즐긴다
악몽 같은 언어의 바다!

발목 잡힌 야망

도대체 무얼 하자는 걸까

내 나이 66세가 되면서 나는 야망을 품었다

33세 십자가에 매달린 예수님보다

딱 두 배 더 산 나는 소리 소문 없이 계획을 세웠다

연초에 회사를 딸에게 물려주었다

나만의 광야를 찾기 위해 떠나기로 했다

나에게도 3년 간의 참생활을 위해

아니 그 두 배인 6년 참생활을 위해

40일 간의 광야를 찾아 떠나기로 했다

가을이 되기 전에 내가 머문 지상에서

인간의 건강검진을 받았다

해마다 해온 관례다

간호원들과 의사들이 분주히 움직였다

아내도 표정이 굳었다

큰 병원에서 다시 검진할 것을 추천했다

쉬쉬한다

얼핏 들리는 말에는 간으로 전이되었다 한다

끝장났다는 얘기다

나는 아직 떠나질 않았는데

나의 광야를 만나지 않았는데

죽음의 암장사에게 나는 걸려 들었다

그러자 세상의 인간들은 나의 발목을 꽉 움켜 잡았다

이런 날은

아침 출근 준비로 선블록 발랐다.

아니? 치약을 짰다니!

허옇게 웃고 있는 양볼

저녁에 칫솔질하다

아니? 이게 선블록!

거품이 끓어 오르지 않는 입 안

잠자리 들 시간

몇 번이나 보고 또 본 케이블 TV

폴 뉴먼과 레드포드가 쏜 총탄

영화가 끝맺자

'내일을 향해 쏴라'

비참한 시의 죽음도 끝났다

못난 놈

어릴 적 개구쟁이 시절 자주 듣던
못된 놈, 못 말리는 놈, 못난 놈,
그 중 가장 많이 들었던 '못난 놈'

어머니 매질할 때
떨어진 성적에 쯧쯧 혀를 찰 때
애인 없다고, 못난 놈
돈벌이 시원찮다고, 못난 놈
그래그래 못만 빼면 '난 놈' 이구나

얼마 전 상영된 국내판 서부영화
'좋은 놈 나쁜 놈 이상한 놈'
사이 '좋은 놈'
입장 바뀌면 '나쁜 놈'

불가근불가원이면 '이상한 놈'

그보다 조금 덕 없고, 철들지 않은

그러면서도 척하는,

못난 놈의 세상이 제격이구나

못 쓰는 시인

나를 소개할 때 지인은
"못 쓰는 시인이지요" 했다
"시요? 잘 써야 하는지라"
"못만 쓰는 시인이지요" 하니
감방에서 못으로 꾹꾹 눌러 쓴
김대중 선생의 편지를 떠올린 그가
"세상천지 툭 터졌는데 꼭 못으로 써야 되겄소?"

남부민 초등학교

해풍 거센 송도 야전천막 학교
절벽 깎아지른 빈 미군 부대로
책걸상 들고 우리는 학교를 옮겼다
긴 빨랫줄 같은 먼 수평선
그날도 갈매기 부리에 쪼여
간혹 기우뚱거렸고
사생 시간 지겹게 그린 통통배도
눈치 없이 따라다녔다

남부민동 옛 고샅길에 만난
허리 굽은 동창들
저마다 바다 하나씩 안고
교정 은행나무로 기념사진 찍는다

추억으로 다시 들어올리는 먼 영도다리

짓궂게 오줌 갈기며 설레발치는 통통배

왁자한 아이들의 손바닥을 흔드는

남부민 초등학교 만세!

책상 모퉁이 기도

—편운 조병화

늦은 나이, 조그만 출판사 하나 차린 나는

이른 아침 책상 모퉁이에서 기도한다.

남 볼세라 무릎 꿇은 괘종시계

추처럼 두 손 모으면

그때마다 불청객처럼 문 두드리는 한 통 전화.

어이, 종처리

하느님보다 먼저 응답하며

내 아침 기도의 불평을 틀어막은 편운.

저녁 대포 한 잔 하세나

이보다 더한 세상 응답 또 있을까

문득 당신을 그리면

내가 더 그리워지는 그 책상 모퉁이.

부러진 티펙

부러진 티펙 하나로
세상을 본다
인생은 관 뚜껑을 닫을 때
골프는 장갑을 벗을 때
다 보인다는 세상의 원 포인트 레슨

어쩌다 사는 일로 등짐진 날
생의 티박스에 오르면
부러진 티펙이 유난히 분분하다

때때로 골프에서 배웠다
소경도 머리부터 먼저 든다는
못 말리는 헤드업
희망보다 먼저 서두른 후회 때문에

망쳐 버린 나쁜 샷의 일상들

골프 모국인 영국인들은

'God save the Queen(하느님, 여왕을 구원해 주소서)'

경건히 머리 숙이며 스윙한다는데

10여 년 차인 나도 기도처럼

남몰래 외치고 있다

'짜장며언 짬뽕'

다시 티샷을 하며

티를 꽂고
확 트인 세상을 바라본다
첫 티샷 때 멈춰 있던 공마저
헛친 것이 여러 번 되었듯이
헛짚고 살았던 지난날들
푸른 풀잎의 빌딩 사이에 떨어진
하얀 공으로 우리의 스코어카드를 채웠다

인생은 언제나 다음 샷 하기 편한 자리에
희망을 보낸다는 생각으로 스윙하지만
공은 걱정했던 곳에서 먼저 기다렸다

한때 새우잠 자도 고래 꿈꾸던 시절
우리 생의 미스 샷은 눈물과 깨달음까지 주었다

이제 어쩌다 홀컵 지나친 내리막 퍼팅에

쓰리 퍼트의 삶이 오더라도

후회 다음에 오는 깨달음의 상처

당신이 불러 준 이름으로 꿈꾸리라

해슬리 나인브릿지

해 솟는 땅
여주 해슬리에는
세상 건너는 법을 배우는
아홉 개의 가교架橋가 있습니다
사람과 사람을 잇는 여덟 개 다리와
저만의 피안에 닿는
다리 하나 숨겨져 있습니다

마지막 무지개가 뜬
피안의 길을 찾게 되면,
하늘 높이 떠오른 연처럼
티를 꽂고 바라보는 세상이
더 이상 해저드와 벙커에만
빠져 있는 것이 아님을 알게 됩니다

인생의 일이란

때때로 풀섶 러프나 OB에 떨어진

운 나쁜 공처럼 낙담케 하지만

지금 머문 이 자리가 우리 꽃자리이듯

해 솟는 땅, 여기가 정상이라는

해슬리 나인브릿지에서

크게 외쳐 봅니다

"굿샷!"

DMZ 철책선의 봄
—북녘 시인들에게

봄은
시인의 모국어에서 먼저 온다
한반도의 봄은
155마일 DMZ의 녹슨 철책선
미완성의 시로부터 온다

남북 분단 60여 년
어머니의 손마저 놓아 버린
DMZ 이정표에 서서 이르노니
형제여,
다시 모이시게나

2005년 7월 23일 새벽,
통일 문학의 해돋이에서

백두산 떠오르는 해를 바라보며
우리는 목 터지게 외쳤다
'조국은 하나다'

우리의 외침이 통일의 함성으로
우리의 기도가 평화의 합창으로
통곡하는 진달래꽃
겨울 건너 안부로 전하노니
문 두드리는 꽃잎에게도
형제여
그대의 봄길 열어 주시게나!

김수환

눈물 많던 당신을 기리면
우리는 눈(雪)이 됩니다
바보바보바보
바보이기에
오, 사랑으로 멈춘
환한 성령이기에

굽은 세상, 사랑 하나
머리에서 가슴으로 내려오는 데
칠십 생애 걸었다는 사제의 길
가난한 옹기장수 막내로 태어나
궂은 것 나쁜 것 오물까지 다 담은
일생의 용서를 옹기로 구워 낸 당신은
하느님 심부름꾼

우리들의 등짐장수

젊은 수도자의 어깨에

늘 허옇게 떨어져 있었던 비듬

선이 없는 악은 존재하지 않는다고

가끔씩 털어 주던 시대정신

사랑하고

또 사랑하고 용서하는 당신은

명동 성지聖地의 환한 눈사람!

못의 유서遺書

— 못 · 시학 · 별사別詞

김재홍 | 문학평론가

□김종철 유고 시집 『절두산 부활의 집』에 대하여

못의 유서遺書 — 못 · 시학 · 별사別詞

김 재 홍(문학평론가 · 경희대 정년 연장 명예교수)

*

때가 되면 만물은 다 시들고 마침내 떨어져 가기 마련인가. 그리운 벗 일촌, 그대 지금 홀로 걷고 있는 그곳 골목길은 너무 어둡고 외지진 않을까? 여기 천만 길 그대와 떨어져 나 홀로 가고 있는 이곳 대학로 혜화동 골목길은 "이제/ 네 음성을/ 나만 듣는 여기는 눈과 비가 오는 세상//(중략) // 열매가 떨어지면/ 툭 하는 소리가 들리는 세상", (박목월 「하관」)이네만…….

나는 오늘도 그대 떠나간 먼 하늘 바라보며 지내고 혼자서 혜화로터리, 가랑잎 지는 대학로 길을 터벅터벅 걸어가고 있다네.

그 언제였던가. 우리 처음 만난 것이 아마도 1968년 겨울, 전라도 사나이 박정만과 경상도 사나이 자네, 그리고 나, 그렇게 셋이 사막 도시 서울 목마른 청춘의 거리를 헤매던 그날이. 1988년 가을, 정만이 떠나가고 다시 2014년 7월, 오래 같이 가자던 그대마저

"조만간 만나세. 곧 연락하겠네. 지상에서 제일 그리운 벗에게! 일촌"이란 외마디 전언을 남기고 훌훌 떠나가 버렸으니 나는 무엇인가? 나 또한 "오호 통재라! 일촌 비보!!" 통곡하나니 인명재천이로고! 한 마디 말 그대 영전에 띄우고 마지막 절두산까지 그대 곁을 지킬 수 있었을 뿐…….

그리고 이제도 비 내리는 이곳 지상에서, 여기 찻집 엘빈에서, 그대에게 덧없이 명복만을 빌고 있을 뿐! 그렇게 자네는 내게, 아니 그대 사랑하는 아내 강 여사와 두 딸 은경, 시내와 사위분들, 그리고 그대 무엇보다 그리도 오매불망하던 손자 · 손녀딸의 손을 그리 매몰차게 황망히 뿌리치고 먼 길을 떠나고 말았단 말인가?

새삼 그대와 함께 반백 년 헤매던 이곳 이승의 거리들이 낯설고 무언지 두려워만지누나. 모쪼록 지상의 '못' 모두 다 뽑아 털어 버리고, 부디 하늘나라에서 명목하소서! 벗이여, 사랑이여!

**

이번 유고 시집을 읽으면서 새삼 나는 한 시인에게 있어 평생의 대주제, 일관된 제재와 주제를 천착해 간다는 것이 얼마나 중요하고 또 행복한 일인가 깨달을 수 있었다네. 그것은 마치 평생의 테마를 발견해서 그것을 지속적으로 탐구 · 천착함으로써 대업을 이

룬 영웅의 생애와도 비견될 수 있는 것 아니겠는가.

그대의 '못' 연작의 첫 번째 시집이자 출세작인 『못에 관한 명상』(1994) 해설에서 필자는 이 점을 지적하며 강조한 바 있지 않았던가.

시집 『못에 관한 명상』은 시인 개인에게 있어서나 1990년대 우리 시의 진로에 있어서나 하나의 시금석이 될 것이 분명하다. 개인적인 면에서는 한평생의 시적 주제를 비로소 이 시집에서 발견해 냈다는 점이 그러하고, 1990년대 시사에서는 이 땅의 서정시가 개인적인 층위와 사회, 역사적 층위 그리고 철학적 · 신성사적 층위를 변증법적으로 꿰뚫어 내는 데서 그 바람직한 활로를 열어간 것으로 전망된다는 점에서 그러하다. 못 하나에서 삶의 진실을 깨닫고 사회 · 역사적 고뇌와 부딪히며 천착해 들어감으로써 새로운 시의 길, 삶의 길을 찾아 떠날 수 있는 시인은 행복하다.

—김재홍, 「참회와 명상」, 『못에 관한 명상』(시와시학사, 1992)

그렇구나! 그대는 생의 십자가로서 또한 시의 십자가로서 못을 선택하여 30년 가까이 참으로 꾸준히, 성실하고 깊이 있게 못을 소재, 제재, 주제로 하여 '못의 시학'을 집중적으로 넓고 깊게 형상화해 낸 못의 시인이면서 또한 못의 사제로서, 못 시학의 대가로서 우리 현대 시문학계에 뚜렷한 족적을 남기고 간 사람 아니겠는가.

그대에게 '못' 은 과연 무엇이던가? 1990년대 초 그대가 처음 내게 보여 준 것은 「못에 대하여」라는 못시 몇 편에 불과하지 않았던가. 그래서 내가 못을 소재 · 제재 · 주제로 폭넓고 깊이 있게 탐구하여 '못의 시학' 을 평생 완성해 갈 것을 제안하지 않았던가. 유난히 시인으로서 자존심이 강한 그대이면서도 나의 제안을 흔쾌히 받아들여 '못의 시인' 으로서 대장정을 시작했던 바, 마침내 못의 사제가 되어 하느님 나라로 떠나가게 된 것 아닌가 말이네.

1. 못의 고백록 또는 못의 묵시록

그렇다! 이번 유고 시집은 한 마디로 말해서 김종철 시인이 소망하던 그대로 '못의 시학' 을 완성해 가는 마지막 도정에서 '못의 사제' 가 되어 써 내려간 못의 고백록 또는 생의 참회록에 해당한다. 원래 그와 내가 머리 맞대고 의견을 나눴던 것은 못의 성찰로 '못에 관한 명상' , '못의 사회학' , '못의 역사에 대하여' , '못의 귀향' , 그리고 '못의 사제' 등 전작 5부 정도로 못의 시학을 탐구하고 완성하는 작업이지 않았던가. 그렇게 못을 통해 삶과 인생의 현상 및 본질을 탐구하면서 삶을 둘러싼 사회 · 역사 · 종교를 성찰하고 '못의 귀향' , '못의 사제' 로서 하느님 나라로 귀의하는 것을 평생의 주제, 즉 못 시학의 대주제로 설정하여 넓고 깊게 인간사 · 사회사 · 역사 · 신성사의 길을 향한 모색과 순례의 실을 함께 떠나가 보기로 약조했던 것……. 그러나 인명은 재천이라, 마지막 못의 사제로 떠나는 초입에서 김 시인은 홀연 난치의 병을 얻어 그만 하느님 나라로 떠나가고 말았다.

그런 만큼 이번 유고 시집은 전체적인 면에서 '못' 시학의 한 정점이자 완결판에 근접해 있는 것으로 이해된다. 특히 영원한 이별을 통한 죽음과의 친화, 죽음 길들이기와 죽음 넘어서기로서 극복과 화해가 그 주된 내용이다. 그만큼 가장 직접적이고 구체적인 시의 소재 · 제재 · 주제가 투병 과정으로 죽음 또는 죽음 의식과 연관돼 있다. 그것은 죽음과 교감 내지 친화함으로써 '죽음 길들이기' 를 통해서, '죽음 넘어서기' 로 요약된다. 그에게 불시에 병마가 찾아오지 않았다면 서서히 죽음과의 친화 또는 교감을 이루어가면서 죽음의 극복, 죽음 넘어서기를 통해 '못의 사제' 의 길-즉 구원에서의 길, 영생에의 길을 추구했을 것인데 불시에 찾아온 병마로 인해 그런 시 정신의 여유, 생명의 평화가 차분히 진행될 수 없도록 만든 것 아니겠는가.

따라서 이 시집에서는 흔히 난치병 또는 불치병인 암 투병 과정에 대해 임상의학에서 말하는 '분노-절망-타협-순명' 이라는 기본

등식을 바탕으로 죽음 의식의 수용 과정 또는 죽음 넘어서기로서의 초인 의식(Über-menche)에의 길을 보여 주는 것이 개성적 특징이라면 특징이 되겠다.

2. 개인적 실존의 못에서 사회 · 역사적 신성사의 못으로

원래 김 시인이 의도한 연작시, 못 시리즈는 대략 5부작으로 기획됐던 것이다. 못 시리즈 『못에 관한 명상』(1992)에는 그 전체적 개요가 잘 드러나 있다. 그 첫 번째가 못의 현상과 본질에 대한 개략적 성찰로 못에 대한 존재론적 탐구이다.

오늘도 못질을 합니다
흔들리지 않게 삐걱거리지 않게
세상의 무릎에 강한 못을 박습니다
부드럽고 여린 떡잎의 세상에도
작은 못을 다닥다닥 박습니다
그러나 익숙치 않은 당신들은
서로 빗나가기만 합니다
이내 허리가 굽어지기도 합니다
그때마다 굽어진 우리의 머리 위로

낯선 유성 하나이 길게 흐르는 것이 보였습니다

—『오늘도 못질을 합니다』

못 또는 못질이란 무엇이던가? 그것은 삶의 현장에서 특히 건축 현장에서 사용하는 실제적인 도구 또는 면모로 사물과 사물을 연결시키고 고정시킴으로써 물건을 만들고 집을 짓는 행위를 말한다. 말하자면 못은 생김새부터가 다양하여 쓰임새에 있어서도 각양각색의 생김새로 존재 방식과 효용 및 기능을 갖기 마련이다. 못의 다양한 생김새와 쓰임새는 바로 인간 존재의 다양성과 그 기능의 복합성을 상징하는 것이 된다. 인간이 살아가는 일을 이처럼 각양각색의 못들이 나름대로의 생김새와 기능 및 개성으로 제각각의 기능과 역할을 수행하면서 세상을 구성하고 운행해 가는 모습으로 상징적으로 표현한 것이라 하겠다.

못이란 하나하나 개체로서 존재하는 단독자의 원리를 지닌다. 그러면서 동시에 못은 다른 못들과 어울리면서 못의 상관 체계, 즉 못의 사회학을 구성하고 그런 조직과 구성원리 속에서 차츰 거대한 상관관계를 이루어 나가기 마련이다. 이러한 사회적 속성은 시간의 흐름 속에서 역사성을 형성해 가는 공동체 원리를 지니게 된다는 뜻이다. 단독자로서의 개체 원리가 사회학적 관계를 형성하고, 나아가 역사의 전개 과정을 통해 거대한 역사적 의미망을 이루어 가게 된다는 뜻이다.

이런 점에서 김종철 시학에서 못 또는 못질하는 일은 인간의 개인적 삶과 함께 공동체 원리를 총체적으로 포괄해내면서 개인·실존적 층위에서 사회·공동체 원리와 역사적 원리를 포괄해 내고 다시 신성사의 차원으로 확대·심화해 감으로써 인간 실존의 모습과 함께 사회적·역사적 존재 원리를 포괄적으로 형상화해 낼 수 있게 된다. 그 결과 사물로서의 못에서 상징의 못으로 확대되고, 다시 정신사·신성사를 꿰뚫어 냄으로써 인간 존재에 대한 공시적 본성 탐구와 통시적 존재 원리까지도 설명해 낼 수 있는 효과적·성공적인 상징 체계를 형성하게 되는 것이다.

매형은 자식을 위해 집 한 채 짓는 것이 소원이었다.
비가 오나 눈이 오나 바람이 부나
튼튼히 땅 붙들고 있는 지상의 집 한 채를

오늘도 요셉은
재개발지역 혹은 달동네 어느 곳에서
그때 그 어린 예수가 지은 작은 집을 그리며

대팻날을 퍼렇게 세우고 있다

목수의 아들인 그 청년은

이 겨울날 일자리 없어 소줏잔을 비우는데도

—『매형 요셉』 부분

이른바 근대사회에서 신용가치가 아니라 교환가치로서의 노동 행위를 통해 기능적으로 살아가야 하는 오늘날의 삶 또는 노동 행위를 날카롭게 또 포괄적으로 형상화하고 있는 이 시는 오늘날 실존의 어려움을 사회학적 · 역사적 각도에서 총체적으로 조명해 내고 있는 것이 특징이다. 못의 실존 원리 · 존재론적 층위가 사회학적 · 역사적 의미망으로 확대해 가고 있다는 뜻이 되겠다.

말하자면 인간 사회와 역사는 못의 관계학으로서 수많은 인간 · 사회 관계의 수평적 확대와 수직적 심화를 통해 형성되고 전개된다는 점에서 못의 시학적 가능성이 크게 주목될 수 있는 것이다. 못의 사회적 · 역사적 상징성 확대와 심화는 실상 김종철 시의 존재론적 성격뿐 아니라, 사회학적 · 역사적 장력을 크게 확대하고 심화해 감으로써 못의 시학을 이루어 내기 시작했다는 점에서 그 중요성이 드러나는 것이다(자세한 설명은 시집 『못에 관한 명상』 작품 해설 참조).

해미마을에 갔습니다.

낮에는 허리 굽혀 땅만 일구고

밤에는 하늘 보며 누운 죄뿐인 사람들이

꼿꼿이 선 채 파묻힌 땅을 보았습니다

요한아 요한아 일어나거라

이조시대의 천주학쟁이들은

아직까지 요를 깔고 눕지 못했습니다

꼿꼿한 못이 되어 있었습니다

못은 망치가 정수리를 내리칠 때

더욱 못다워집니다

순교는 가혹할수록

더욱 큰 사랑을 함께 합니다

—『해미마을』 부분

이 시는 인간이 인간성을 참되게 회복하는 일이란 육신적 삶을 바탕으로 하면서도 정신성으로의 신성성을 확보하고 고양해 가는 것을 보여 준다는 점에서 시학적 의미를 지닌다. 인간은 그 현실적 바탕으로서 실존적 · 육체성을 기본으로 하면서도 끊임없는 속죄와 참회의 과정을 통해 비로소 신성성에 근접해 가게 되고, 마침내 인간 정신의 승리를 가져오게 된다는 확고한 깨침을 제시하고 있는 것이다. 그만큼 못은 실존적 층위에서 사회・역사적 층위로, 다시 신성사의 층위로 확대・고양되고 있는데, 그런 점에서 못의 시학적 가능성을 확대하고 심화해 가고 있다고 볼 수 있다.

3. 유고 시집에서 '못'의 시학적 의미

지금까지 김종철 시인이 일구어 내고 있었던 못 시학은 시인에게 닥쳐온 불의의 병고로 인해 시련을 겪으면서 어쩔 수 없이 마무리될 수밖에 없는 상황을 맞이하게 되었다.

매일 아침
기도가 머리에서 한 움큼씩 빠졌다
마른 장작처럼 서서히 굳어 가는 몸
한 방울씩 스며든 항암 주사액에
생의 마지막 잎새까지 말라 버렸다

내 명줄을 쥐고 있는
아내의 하느님만
오츠보, 시이나, 야마다를 불러 주셨다

이쯤에서 함께 걷는 인연을 주셨고

기적은 사마리아인의 것만이 아니었다

신을 모르는 일본 의사들이

빛으로 나의 죽음을 태워 주었다

그래 그렇구나, 막상 생의 시간 벌고 나니

청명에 죽느냐, 한식에 죽느냐구나

나는 기도한다

나를 살려 준 저들을 용서해 주소서!

—『나는 기도한다』

원래 시인이 기획하고 의도했던 '못' 연작은 『못에 관한 명상』에서 총체적으로 못 시학의 의미와 방향을 설정하고, 이에 이어서 『등신불』에서처럼 '못'과 그 짝으로서 못이 들어가는 것을 상징으로 한 요철 관계의 천착, 즉 '구멍' 시학의 전개를 통해 음 · 양 · 요 · 철의 인간사 원리를 탐구하는 것으로 기획됐던 것으로 해석된다. 여기에서 다시 시간 순차를 순방향에서 역방향으로 틀어서 『못의 귀향』을 펴냈다. 못의 시간적 관계 질서 탐구를 통해 뒤집어 보기 또는 거꾸로 보기로써 삶의 존재 원리와 본질을 탐구하고자 하였다. 이를 통해 다시 『못의 사회학』과 『못의 역사에 대하여』로 시야를 확대 심화함으로써 전체적으로 못의 시학을 형성해 내는 것, 그리고 여기에서 다시 신성사적 존재 원리로 시집 『못의 사제』를 집중 창작함으로써 시인은 '못의 시학'을 완성해 내고자 하는 큰 목표를 세웠던 것으로 이해된다.

그러나 사람의 일을, 앞날의 운명을 어찌 알 수 있었으랴? 시집 『못의 사제』를 향해 질주해 가는 도정에서 그야말로 절망적인 병고를 알게 되어 와병 중에 이번 시집을 유고 시집으로 남기게 된 것은 무슨 청천벽력인가. 미완성의 완성이라 하던가. 김종철 시인의 '못의 시학'이 이번 시집으로 마무리된 데에서 그 미완의 긴장 또는 비극성이 심화된다고 하겠다.

인용시가 그렇지 아니한가? 이번 시집에는 유독 삶의 참담한 고통과 순천명의 비극성이 실제적 · 직접적으로 드러나고 있어 관심을 환기한다. "매일 아침/ 기도가 머리에서 한 움큼씩" 빠져 나가고, "마른 장작처럼 서서히 굳어 가는 몸/ 한 방울씩 스며든 항암 주사액에 생의 마지막 잎새까지/ 말라 버렸다"라는 구절 속에는 한계 상황에 처한 시인의 목숨 의식이 구체적으로 적나라하게 묘파돼 있어서 관심을 환기한다. 실상 "청명에 죽느냐, 한식에 죽느냐"라는 외마디 비명적인 시구 속에는 이처럼 다해 가는 목숨, 꺼져 가는 생명에 대한 안타까운 탄식과 함께 뼈저린 절망과 회한이 담겨 있는 것으로 풀이된다. 특히 "나는 기도한다/ 나를 살려 준 저들을 용서해 주소서!" 라는 절구 속에는 탄식을 넘어 절망에 이른 운명의 한계 상황이 표출돼 있다는 점에서 주목된다. 그만큼 암 투병의 과정이 고통과 절망의 과정이며, 동시에 죽음의 그림자 속에서 공포와 불안에 떠는 과정 그 자체라는 인식이 선명히 묘파돼 있는 것이다.

여기에서 특히 주목할 것은 죽음에 이르러 '용서' 와 '기도' 가 마지막 운명의 통과의례로 받아들여지고 있다는 점이다. 스스로 참회하고 용서를 비는 행위를 통해 속죄함으로써 구원에 이르고자 하는 것이다.

그날 나는 실수로
만신萬神을 삼켰다
난리였다
큰 산을 삼켰으니
뱉어 낼 때가지
세상은 집중했고
혼자 죽어 있어야만 했다

익명의 만신을 따라간 나는

아침 저녁 길을 묻는

북망산 하나를 만났다

새벽에 깨어 보니

빈 무덤이 열렸다

거친 삶의 한 권

힘들게 뱉은 그 밤

싸구려 신발, 방물, 부채

장구와 자바라에 어울렸던 내가

시퍼렇게 날선

생의 작두 위에서 춤추고 있었다

–『큰 산 하나 삼키고』

그러니 하루 어느 한 순간인들 어찌 평안과 안식에 깃들 수가 있을 것인가. 그야말로 "아침 저녁 길을 묻는/ 북망산 하나를 만날 수"밖에 없을 것이며, "시퍼렇게 날선/ 생의 작두 위에서 춤추고 있을 수"밖에 없는 극한 상황, 한계 상황 속에서 절망에 몸부림칠 것이 자명한 이치이다. 그만큼 북망산과 열린 무덤의 교차 속에서 생의 한 순간 한 순간이 "시퍼렇게 날선/ 생의 작두 위에서 춤추고 있"을 뿐이라는 두려움으로 다가오는 것이 아니었겠는가?

여기에서 시인은 또다시 자신의 최후를 예감하고 임종 그 이후를 생각함으로써 더욱 심화된 공포와 절망 체험을 섞게 된다.

유작으로 남기고 싶지 않아
밤새 고치고 다듬는다
실컷 피를 빤 아침 하나가
냉담한 하느님과 광고를 믿지 않은
자들만 분리 수거해 갔다

아침마다 뽀로로를 즐겨 보던
네 살배기 손주도 변했다
로봇으로 변신하는 자동차
또봇에 정신이 팔린 것은
우리가 관棺과 수의壽衣에 관심을 가질 때였다
나를 태울 장의차가 손주의 로봇으로 합체될 때
실컷 젖을 빤 아침이 와도 나는 깨지 않겠다

이제 어디에서나 이름이 빠진

내가 차례를 기다린다

내장과 비늘을 제거한 생선이

먼저 걸리는 생의 고랑대

몸만 남은 체면이 기도의 바짓가랑이 붙잡고

분노하고 절망하고 타협하고 그리고 순명하다가

무릎 꿇는 또봇의 새아침

쩍 벌어진 애도의 쓰레기통이나 뒤져

악담 퍼부은 유작들만 분리 수거되는 날이다

—『유작遺作으로 남다』

그렇다! 이 끝없는 암투병의 극한 상황 속에서 새삼 생명의 임종, 그리고 사후세계에 대한 근심과 걱정, 고뇌와 번민이 솟구치지 아니할 것인가. 이른바 분노와 절망을 넘어 죽음과의 타협, 즉 순천명을 받아들이게 되는 것이다. 세상과의 작별 준비 속에서 끊임없이 엄습하는 공포와 절망감이 밀물처럼 밀려왔다가 썰물처럼 생명을 빠져 나가는 절대 고독과 절대 허무로서 '무無의 통과 과정' 을 이루어 내게 된다는 뜻이다.

① 부끄러운 내 욕망과 남루한 생의 옷가지
일생의 마운드에서
결코 교체되지 말아야 할 나는 패전 투수

—『버킷리스트』 부분

② 한 방울씩 떨어지는 항암제 따라
죽음의 순례를 시작한 나는
살아 있는 모든 고통은
옷 껴입은 알몸인 것을 알게 되었다.

—『암 병동에서』 부분

③ 소문만으로도 더 빨리 중환자가 되었다
나는 종목도 없는 운동선수로 기재되었다
이길 수 없는 경기에만 나오는 선수다
그 중 가장 살맛나게 하는 소문은
이제 끝났어, 살아오면 내 손에 장 지지지
오랜만에 듣는 행복한 저주였다

—『오늘의 조선 간장』 부분

④ 내가 병을 얻자

멀쩡한 아내가 따라서 투병을 한다

늦도록 엔도 슈사쿠를 읽던 아내는

독한 항암제에 취한 나의 기도에

매일 밤 창을 열고

하느님을 직접 찾아나섰다

길면 6개월에서 1년

—『언제 울어야 하나』 부분

이러한 일련의 투병 연작시에는 육신을 지닌 존재로서 인간이 겪어야 하는, 아니 겪을 수밖에 없는 절망적인 병고 체험과 함께 그에 따른 순천명으로서 운명 의식이 생생하게 표출돼 있어 실감을 더해 준다.

시 ①에서는 그러한 운명 의식의 실제적 반영으로서 '패전 투수' 로서의 절망감과 그에 따른 허망감이 나타난다. 시 ②에서의 '항암제', '죽음의 순례', '고통', '알몸' 은 그러한 한계상황의 직접적인 연관이 된다. 또한 시 ③에서는 투병 과정에서 겪을 수밖에 없는 부정과 자학, 저주, 번민과 절망의 되풀이가 제시돼 있다. 사실 그렇지 아니하겠는가? 죽음을 앞둔 임종의 상황에서 겪을 수밖에 없는 고통과 절망, 온갖 번뇌와 망상이 얼마나 격심할 것이며 또 얼마나 두려움과 공포에 본인과 가족들을 떨게 만들 것인가. 죽음의 상황에 처하여 스스로의 삶에 대한 온갖 반성과 회한 속에서 시인은 새삼 '인간이란 무엇이며' '어떻게 사는 것이 바람직한 영면의 길이며, 또 어떻게 종생의 순간을 맞이해야 할 것인가' 격심한 고통과 절망의 되풀이를 겪지 않을 수 없을 것이 자명한 이치이다. 죽음 앞에서 아직 살아 있음으로서의 생, 생명 의식을 절감하면서 새삼 절망감에 몸부림치게 됐다는 말이다.

4. 못, 별사別詞 이후

그렇다면 김종철의 '못의 묵시록'이 우리에게 남겨 준 깨달음은 무엇일까. 윤동주의 「서시序詩」와 김종철의 「고백성사」를 비교해 살펴보면 그 요체가 선명하게 드러난다.

죽는 날까지 하늘을 우러러
한 점 부끄럼이 없기를
잎새에 이는 바람에도

나는 괴로워했다

별을 노래하는 마음으로

모든 죽어 가는 것을 사랑해야지

그리고 나한테 주어진 길을 걸어가야겠다

오늘 밤에도 별이 바람에 스치운다

—윤동주 「서시」

못을 뽑습니다

휘어진 못을 뽑는 것은

여간 어렵지 않습니다

못이 뽑혀져 나온 자리는 여간 흉하지 않습니다

오늘도 성당에서 아내와 함께 고백성사를 하였습니다

못자국이 유난히 많은 남편의 가슴을

아내는 못 본 체 하였습니다

나는 더욱 부끄러웠습니다

아직도 뽑아 내지 않은 못 하나가

정말 어쩔 수 없이 숨겨둔 못 대가리 하나가

쏘옥 고개를 내밀었기 때문입니다

—김종철 「고백성사」

이 두 편의 명편이 우리에게 일러주는 것은 과연 무엇일까? 한마디로 그것은 참된 인간의 길, 시인의 길이라고 말해볼 수는 없겠는가?

그렇다! 그것은 바로 참 인간의 길, 참 시인에의 길이라고 불러볼 수 있다. 바로 그것은 참 인간의 길이며, 부끄러움을 아는 일로서 속죄하는 일, 참회하는 길에 놓여지며, 또한 그것은 바로 인간에게 신神의 영성靈性을 회복시켜 주는 근원적인 힘이 됨을 말해준다.

그런가 하면 그것은 괴로움을 잊는 일, 이겨 내는 길로써 인간의 근원적 고리 또는 불안 의식을 이겨 나아가려는 정죄의식淨罪意識을 의미한다. 육체를 지니는 존재, 욕망의 존재로서 인간은 부끄러움과 괴로움을 통해서 죄의 길로부터 속죄의 길, 참회의 길로서 구원을 향해 한 걸음씩 나아갈 수 있는 것이기 때문이다.

아울러 윤동주의 별을 노래하는 마음은 김종철 시의 「고백성사」를 하는 마음과 연관된다. 끊임없는 진 · 선 · 미 지향성으로서 순결 지향성 또는 영원 지향성이라는 공통점을 지닌다는 뜻이다. 끊임없는 진실 지향성, 선함 지향성, 아름다움 지향성으로서 진 · 선 · 미 지향성은 바로 시인의 꿈이면서 동시에 종교인의 영원한 갈망에 해당하는 것이 분명하기 때문이다.

무엇보다도 그것은 자기고백과 참회, 명상과 속죄를 통해 운명에 대한 순응과 사랑, 더 큰 사랑으로서 구원과 운명애에 대한 대긍정에의 길로 나아가게 된다.

이상 간략하게 살펴본 것처럼 유작시집 『절두산 부활의 집』은 못을 통해서 '죽음 길들이기', '죽음과 친해지기' 그리고 마침내 '죽음 넘어서기'에 이르는 절망 체험과 그 수용 및 극복 과정을 보여 준다. 또한 두려움과 공포, 끊임없이 엄습하는 고통과 절망 그리고 허무 체험 및 극복의 과정을 통해서 '못의 사제'로서 고통과 절망의 묵시록을 이루어 냈다. 이처럼 김종철 시인의 시와 생이 하나의 '못 시학'으로 전개되고 마무리돼 간다는 점에서 이번 시집의 의미는 분명해지며, 나아가서 그의 시사적 의미와 위치가 굳건해질 것임은 물론이다.

새삼 김종철 시인의 타계를 추모하면서 가없는 명복을 빌 따름이다. 그 누가 지음知音이라 했던가.